Mme TOUSSAINT

ÉPAVES

POÉSIES

C'est toujours de la vague et toujours de l'écume :
Les jours flottent sans avancer !

(LAMARTINE)

PARIS

E. DENTU, Éditeur Libraire de la Société des Gens de Lettres

PALAIS-ROYAL, 17 et 19, GALERIE D'ORLÉANS

1870

Épaves

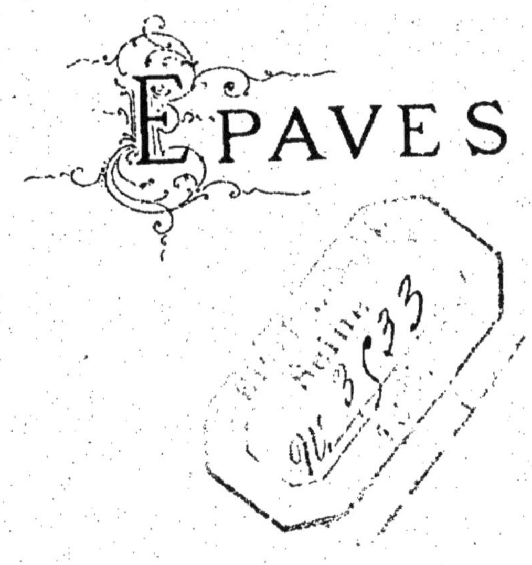

Typ. Jules Juteau, passage du Caire 29.31

ÉPAVES

SOURIRES & LARMES

POÉSIES

de Mme TOUSSAINT

née Samson

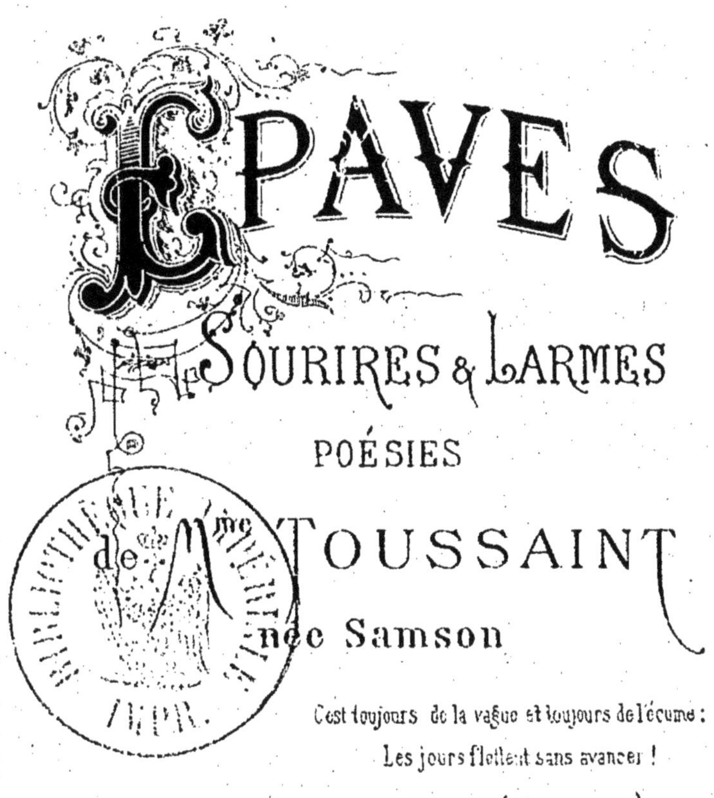

C'est toujours de la vague et toujours de l'écume :
Les jours flottent sans avancer !

(LAMARTINE)

PARIS

E. DENTU, Éditeur Libraire de la Société des Gens de Lettres

PALAIS-ROYAL, 17 et 19, GALERIE D'ORLÉANS

1870

PREMIÈRE PARTIE

A MONSIEUR SAMSON

de la Comédie-Française

Mon père, à toi je les dédie
Ces vers, épaves de ma vie,
Que le flot de mon cœur en passant soulevait.
Ils sont bien loin de ceux que mon esprit rêvait.
De la pensée à l'œuvre énorme est la distance !
Pour eux d'un bon grand père il te faut l'indulgence.
Ma plume n'ayant pu retracer, par malheur,
Tout ce que la nature a chanté dans mon cœur.
Quand le poète en moi s'éveillait, ô misère !
Soudain l'enfant criait... c'en était fait ! la mère
Rejetait aussitôt la plume dans un coin,

4

Et berçait ce tyran, des heures, au besoin...
Lui rendormi, souvent elle restait pensive,
Croyant voir sur son front la pâleur maladive,
Epiant son sommeil, ne songeant plus qu'à lui,
Quant au pauvre poète, hélas! il avait fui!

Quelqu'informes qu'ils soient, mon père,
Les voilà ces débris des flots,
Moitié chants et moitié sanglots.
Tu leur souriras, je l'espère;
Ne dit-on pas qu'on aime plus
Les pauvres enfants mal venus?

Mars 1870.

A UNE JEUNE FILLE

Hâte-toi, jeune fille, ah! souris à l'aurore;
Au ciel couchant, aux fleurs, aux bois, souris encore;
Ton âme est si joyeuse et si joyeux ton cœur!
Souris! car ta pensée est riche de bonheur.

Peut-être, pauvre fleur, après ces jours de fête,
Le souffle du malheur aura courbé ta tête;

Alors le souvenir de ton joyeux printemps
Te fera retrouver encor de doux instants.

Tu reviendras souvent à ces belles années
Qui toutes, s'envolant, de plaisir couronnées,
Ne traînent à leur suite aucun léger chagrin;
Et laisse jusqu'ici ton front pur et serein.

Tu voudras ressaisir ce temps que rien n'arrête,
Ce temps qui, si rapide, a passé sur ta tête,
Que tu hâtais hier et demain retiendras,
Mais qui, sourd à tes vœux, marche son même pas.

Heureuse, maintenant, tu ne saurais comprendre
Qu'au faîte du bonheur tu ne peux qu'en descendre :
L'avenir sous tes yeux se déploie enchanté;
Ton printemps rêve encore un plus brillant été.

A UNE JEUNE FILLE

Écarte, chère enfant, ces décevants mensonges
D'un trop jeune cerveau, doux et funestes songes ;
Car, si tu te laissais surprendre à leurs douceurs,
Tu te réveillerais les yeux baignés de pleurs.

Crois-moi, livre au présent ton âme insoucieuse.
Sans rêver l'avenir, enfant, ris, sois heureuse :
Le chemin de la vie est souvent rude, hélas !
Marches-y ; mais au loin, oh ! ne regarde pas !

1842,

JEANNE LA DORMEUSE

L'oiseau gazouille à ta fenêtre,
Hélas! ne vas-tu pas paraître?
Éveille-toi, mon cher amour,
Éveille-toi, Jeanne, voici le jour.

Déjà tes compagnes rieuses
Ont formé leurs bandes joyeuses

JEANNE-LA-DORMEUSE

Pour faucher les prés d'alentour,
Tandis que Jeanne la dormeuse,
Oublie, indolente et rêveuse,
Les champs, le travail et l'amour.

L'oiseau gazouille à sa fenêtre,
Hélas! ne vas-tu pas paraître?
Éveille-toi, mon cher amour,
Éveille-toi, Jeanne, voici le jour.

Tout s'éveille dans la nature,
Le ruisseau doucement murmure,
La fleur s'entr'ouvre au fond des bois
Toi seule, belle insouciante,
Au concert de l'aube naissante
N'as pas encor mêlé ta voix.

L'oiseau gazouille à ta fenêtre,
Hélas! ne vas-tu pas paraître?
Éveille-toi, mon cher amour,
Éveille-toi, Jeanne, voici le jour.

Que la voix d'un amant t'éveille,
Qu'elle parvienne à ton oreille,
Et de ton oreille à ton cœur.
Jeanne! peux-tu dormir encore?
Écoute l'amant qui t'implore,
Oh! viens m'apporter le bonheur!

L'oiseau gazouille à ta fenêtre,
Hélas! ne vas-tu pas paraître?
Éveille-toi, mon cher amour!
Éveille-toi, Jeanne, voici le jour.

1er JANVIER 1842

A MON PÈRE

Quel chagrin, quel bonheur amènera l'année?
Voilà ce que chacun se demande aujourd'hui.
Que va-t-elle apporter dans notre destinée?
Nous va-t-elle donner le plaisir ou l'ennui?

Le premier jour de l'an est un jour où l'on rêve,
Où l'on voit le passé qui vient de s'écouler,

Une amitié qui tombe, une autre qui se lève,

Le temps qui, malgré tout, n'a cessé de voler.

Ce jour trouble à la fois la vieillesse et l'enfance,

Que de pensers divers ont agité sa nuit !

L'enfant donne un sourire à l'an qui recommence,

Le vieillard une larme à celui qui s'enfuit.

Dans ces deux sentiments d'espoir ou de tristesse,

Qui de nous sait jouir du présent le plus doux?

Jeune, on ne goûte pas les jours de sa jeunesse;

Nous les aimons, hélas! quand ils sont loin de nous!

Pourtant moi, je le sens, je ne suis pas de même,

Mon père! et je comprends que ce sont mes beaux jours

Qui s'écoulent ainsi près de vous tous que j'aime,

Et qu'à cet heureux temps je penserai toujours.

PAQUERETTE

Il est une main bien douce
    Qui repousse
  Billets amoureux ;
Mais qui, secourable et bonne,
    Toujours donne
  Et fait des heureux.

Devine-la, Pâquerette,

Si coquette,

Belle aux blonds cheveux,

Devine-la, si tu peux !

Il est une voix si tendre

Qu'à l'entendre

On croit au bonheur,

Cette voix, pure et touchante,

Qui m'enchante,

A troublé mon cœur.

Devine-la, Pâquerette,

Si coquette,

Belle aux blonds cheveux,

Devine-la, si tu peux !

Il est une taille fine
    Qu'on devine
Sous le mantelet.
Il est une bouche rose,
    Toujours close
Pour un doux secret.

Devine-la, Pâquerette,
    Si coquette,
Belle aux blonds cheveux
Devine-la, si tu peux.

Il est un cœur insensible,
    Inflexible,
Qui me voit mourir
Sans m'avoir dit, peine extrême!

PAQUERETTE

Oui, je t'aime,
Cesse de souffrir.

Ce cœur-là, dit Pàquerette,
La coquette,
Puisque tu le veux,
Devine-le, si tu peux!

1841

RECONNAISSANCE

Mère! quel est ce mot que je ne puis comprendre,
Que j'entends souvent répéter,
Reconnaissance? « Enfant, je m'en vais te l'apprendre;
Mais il faut me bien écouter :

C'est un amour profond pour ce'ui qui nous aime,
C'est un doux souvenir du bien

2.

Qui vit dans notre cœur, ne meurt qu'avec nous-même,
Ou plutôt, enfant, ce n'est rien,
Rien qu'un mot, rien qu'un rêve, une vaine espérance
Que l'on voit fuir avec douleur :
Le bien doit après lui porter sa récompense;
Mais l'attendre du monde, erreur!

Lorsqu'un pauvre parfois s'arrête à ton passage
Et te dit d'un accent bien doux :
« Donnez, je ne puis plus travailler à mon âge,
Donnez, je prierai Dieu pour vous. »
Tu crois en ce vieillard ? et de ta foi déçue,
L'ingrat! il va rire aujourd'hui;
L'aumône est oubliée aussitôt que reçue,
Et, s'il prie, il priera pour lui.

De même, tu verras des hommes dans le monde

      Qui te parleront tous les jours

De leur reconnaissance éternelle, profonde ;

      N'y crois pas ; mais donne toujours.

Fais le bien pour le bien, non pour qu'on te bénisse,

      Non pour ce qui t'en reviendra ;

N'attends rien, mon enfant, de l'humaine justice,

      Dieu seul un jour se souviendra !

1841

CIEL SANS ORAGE

CŒUR SANS AMOUR

Voyez la belle jeune fille
Au doux souris, à l'œil tendre et rêveur,
Elle admire au soleil qui brille
Un bouton qui se change en fleur.
De la beauté, la fleur est comme elle l'image,

Toutes deux ont aussi le bonheur en ce jour :
Jeune fleur un ciel sans orage,
Jeune fille un cœur sans amour.

Mais bientôt de la jeune fille
L'amour, hélas ! vient agiter le cœur,
Et dans le ciel l'éclair qui brille
A desséché la pauvre fleur.
A peine au tiers toutes deux du voyage,
Fille et fleur ont perdu leur éclat dans un jour :
La fleur se courbe sous l'orage,
La jeune fille sous l'amour.

Chaque matin la jeune fille
Voit s'envoler un rêve de bonheur,
Et le vent qui souffle éparpille
Feuille à feuille la pauvre fleur ;

Enfin le dernier brin s'envole sur la plage,

Et le dernier espoir a fui le même jour :

    La fleur est morte d'un orage,

    La jeune fille d'un amour!

1813

A MON PÈRE

Depuis un an bientôt ma muse paresseuse
Sommeillait lourdement,
J'avais souvent tenté d'éveiller la dormeuse,
Mais toujours vainement.
Enfin, de ce sommeil obstiné, pour ta fête
Je la voulus tirer :
« O muse ! éveille-toi, lui dis-je, qui t'arrête ?

« Debout! viens m'inspirer,

Et quelque temps encor cette muse rebelle

Refusa d'obéir;

Puis enfin, se dressant : Que me veux-tu, dit-elle,

Et quel est ce désir?

Tu demandes des chants quand mon âme est usée

Par de longues douleurs;

Tu demandes des chants, quand ma voix est brisée

De sanglots et de pleurs!

Écoute, quand le ciel est couvert d'un nuage,

Si l'oiseau chantera!

Ton ciel est encore gris, laisse passer l'orage,

Le soleil reviendra;

Attends, attends un peu, car du bout de son aile

Le temps sèche les pleurs,

Et la muse revient, entraînant avec elle

Un passé de douleurs.

19 mars 1841.

L'ARABE

Vous m'avez dit : Suis-moi, tu verras notre France,
Ce séjour enchanté du luxe et des beaux-arts ;
En la voyant, bientôt tu perdras souvenance
De ton triste pays ; et, moi, j'ai dit : je pars !

Mais ici tout bonheur est âpre et décevant,
Rendez-moi mes palmiers et ma terre chérie,

Et les femmes de ma patrie,
Et Djelma, mon coursier, plus léger que le vent.

Votre air humide et froid me fait mal, il m'oppresse;
Sous votre ciel brumeux je sens que je me meur;
Vos plaisirs mensongers ont usé ma jeunesse
Sans contenter jamais les désirs de mon cœur.

Car ici tout bonheur est âpre et décevant;
Rendez-moi mes palmiers et ma terre chérie,
Et les femmes de ma patrie,
Et mon coursier, Djelma, plus léger que le vent.

Vos femmes aux doux yeux ont tué dans mon âme
L'illusion, hélas! charme de l'avenir.
Mes femmes à l'œil noir, au long regard de flamme,
Pour me laisser un rêve auraient voulu mourir.

Mais ici tout bonheur est âpre et décevant,

Rendez-moi mes palmiers et ma terre chérie,

Et les femmes de ma patrie,

Et Djelma, mon coursier, plus léger que le vent.

DE CE MAL-LA SAURIEZ-VOUS PAS LE NOM

Sur les lèvres un nom que l'on ne dit jamais,
Au fond du cœur toujours la même image,
L'ennui de tout, la pâleur au visage,
Bien loin de nous le repos et la paix ;
La joue en feu parfois, et le cœur qui palpite,
Puis des nuits sans sommeil et des pleurs sans raison,
Une heure qui se traîne, une qui fuit trop vite :
De ce mal-là sauriez-vous pas le nom ?

3.

MARINO FALIERO

Cantate sur le programme proposé pour le concours du prix de Rome.

PERSONNAGES :

MARINO FALIERO, *Doge de Venise.*

BIANCA, *sa femme.*

STÉNO, *jeune patricien, amant de Bianca.*

—

La scène se passe à Venise, le 15 avril 1355, dans le palais
du Doge.

SCÈNE PREMIÈRE.

STÉNO, BIANCA *(Ils sont sur le balcon.)*

BIANCA.

Sténo! mon cher amour, voici venir l'aurore,

Mon cœur tremble agité de noirs pressentiments,

Pars!..

STÉNO.

Déjà!., laisse-moi, Bianca, te dire encore

Que ta vie est ma vie...

BIANCA.

Ah! ce sont tes serments,

Ce sont eux qui m'ont faite épouse criminelle;

Pour cet ardent amour j'ai donné mon honneur,

STÉNO.

N'est-ce pas pour l'amour que Dieu te fit si belle :
Hélas ! te repens-tu déjà de mon bonheur?

BIANCA.

Près de toi je ne puis, mais loin quelle torture,
Quand je songe au vieillard dont je porte le nom !
Ce nom de Faliero jusqu'alors sans souillure,
Je l'ai déshonoré.....

STÉNO.

Qu'oses-tu dire? oh! non.

AIR.

L'amour que Dieu mit dans notre âme
N'a rien dont tu doives rougir :
Tout grandit, s'épure à sa flamme;

Lorsqu'il parle, il faut obéir.

Laisse-moi t'adorer, oublie,

Oublie et ton nom et ton rang;

C'est la plus sublime folie

Que s'oublier pour son amant !

Foule aux pieds les lois de ce monde

Qui condamna ton cœur un jour

A dormir, dans la nuit profonde,

Sans être éveillé par l'amour?

Honte à ceux par qui ta jeunesse,

Pour un titre, fut sans remord,

Donnée à la sombre vieillesse

Unit-on la vie à la mort ?

BIANCA.

Pour tes jours je tremble, fuis vite.

Par pitié, ne demeure plus.

STÉNO.

Eh quoi! faut-il que je te quitte?
O doux moments sitôt perdus!

DUO.

<table>
<tr><td>BIANCA.</td><td>STÉNO.</td></tr>
<tr><td>Oui, déjà l'aube va paraître</td><td>C'est l'aube qui vient de paraître,</td></tr>
<tr><td>Tais-toi, mon cœur.</td><td>Tais-toi, mon cœur!</td></tr>
<tr><td>Voici le jour qui va renaître;</td><td>O jour pourquoi déjà renaître?</td></tr>
<tr><td>Adieu, bonheur!</td><td>Adieu, bonheur!</td></tr>
</table>

STÉNO.

Tu le veux, adieu donc...

*(Il descend par le balcon en envoyant un dernier baiser à
Bianca, qui reste, penchée sur le balcon).*

SCÈNE II.

BIANCA *(seule)*.

Sa gondole en silence

Glisse doucement sur les eaux.

Elle fuit ; et, déjà, de sa rame en cadence

Frappe les sombres flots.

Adieu, Sténo, plus rien… que ma douleur suprême…

Mais, qu'entends-je au loin ? c'est sa voix ;

Il veut par ce doux chant me dire encor : je t'aime.

Que je l'entende une autre fois !

STÉNO *(au loin dans la gondole)*.

BARCAROLLE.

Gondolier des lagunes

Qui vas chantant

Dans les nuits les plus brunes,

Qui donc t'attend ?

C'est elle, oui, c'est elle,
Son nom? c'est la plus belle :
Ne la voyez-vous pas
        Là-bas?

Elle m'attend, c'est l'heure,
Tremblante elle demeure,
Interrogeant tout bruit
        La nuit,

C'est moi qui l'ai conquise
La perle de Venise,
Pour ses yeux de velours
        Mes jours!

Ramons, ramons dans l'ombre
Que le ciel le plus sombre
Nous dérobe à l'époux
        Jaloux,

Gondolier des lagunes
Qui vas chantant,
C'est que dans les nuits brunes
Elle t'attend!

SCÈNE III.

BIANCA *(toujours penchée sur le balcon, écoute)*, LE DOGE.

LE DOGE.

Quoi! madame, debout?.. le jour se lève à peine.

BIANCA *(troublée).*

Vous-même, monseigneur, quel sujet vous amène
A cette heure?...

LE DOGE.

Bianca, vous allez tout savoir :
Je serai le seul maître à Venise ce soir,

Ou bien j'aurai vécu. L'heure de la vengeance
Est arrivée enfin. Souffrance pour souffrance,
Patriciens maudits !

BIANCA.

Que méditez-vous donc ?

LE DOGE.

Faliero dans leur sang va laver son affront.
Ne te souvient-il plus qu'un des leurs, infamie !
Osa ternir ton nom par une calomnie
Qu'il traça de sa main sur mon trône ducal ?
Ces mots, toujours, partout... Depuis ce jour fatal,
Je les revois... ils ont empoisonné ma vie,
Et m'ont appris, hélas ! l'horrible jalousie.

BIANCA.

Que dites-vous, ô ciel ?

LE DOGE.

Je t'offense, pardon !

Mais je suis vieux, je t'aime, et je perds la raison :

Ma Bianca, prends pitié d'un vieillard en démence.

Le conseil des Quarante en sa rare clémence

Au coupable a fait grâce et me laisse outrager!

C'est au Doge tout seul, alors, de se venger.

BIANCA.

Quel est votre dessein? Que prétendez-vous faire?

Revenez à vous-même, et que Dieu vous éclaire.

LE DOGE.

AIR.

Écoute. Quand l'airain sonore

Du haut de Saint-Marc tintera,

Au dernier coup vibrant encore

Chacun de nous se lèvera.

4.

Doge, j'ai conspiré dans l'ombre

Avec les derniers plébéiens;

Tout est prêt, nous sommes en nombre.

Meurent tous les patriciens!

Oui, dans leur sang que je me noie;

C'est peu pour venger mon honneur;

Avant de mourir, cette joie,

Je vous la demande, seigneur!

BIANCA.

O mon époux! je vous implore;

Songez à votre gloire... il en est temps encore.

Mais on vient. Qui, chez moi, dans un moment pareil,

Ose se présenter?..

SCÈNE IV.

BIANCA, LE DOGE, STÉNO *(masqué)*.

STÉNO.

Un membre du Conseil
Qui, trahissant les Dix, vient pour sauver ta tête,
Doge! accusé par tous de haute trahison,
La Junte qui s'assemble à te juger s'apprête :
Fuis sans retard.

LE DOGE.

Jamais!

BIANCA.

Ai-je bien ma raison?
C'est la voix de Sténo...

STÉNO.

Les cachots, la torture
Ont des chefs du complot vaincu la fermeté.

LE DOGE.

Les lâches?..

STÉNO.

T'ont nommé.

BIANCA (*au Doge*).

Fuyez!.. je vous conjure...

LE DOGE.

Non! la fuite en ce cas serait l'indignité.

TRIO.

STÉNO.	LE DOGE.
Suis-moi, car l'heure est suprême,	Devant le Conseil suprême,
Je saurai guider tes pas.	Ferme, je suivrai les pas.
Songes-y, ton rang lui-même	Je le sais, mon âge même
Ne te protégera pas.	Ne les arrêtera pas.
Doge! tu connais ton sort!	Qu'importe après tout mon sort,
Pour les traîtres, c'est la mort!	Faliero brave la mort!

BIANCA.

C'est Sténo qui vient lui-même
Pour l'arracher au trépas.
Le temps fuit, l'heure est suprême.
O ! daignez guider leurs pas.
Mon Dieu ! veillez sur leur sort :
Traître à l'État ! c'est la mort !

LE DOGE.

(à Sténo.)   *(à Bianca.)*

Je suis prêt, et j'attends..... toi, qui me fus si chère,
Reçois de ton époux la bénédiction.

BIANCA *(tombant à genoux)*.

C'en est trop... je ne puis .. ah! mon seigneur, mon père,
Pardon! j'attends ici ma condamnation.
Malheureuse!.. c'est moi... pour venger mon outrage...

LE DOGE.

Ne te reproche rien, toi, si pure... courage!

BIANCA *(toujours agenouillée)*.

Pitié!... pardon!..

STÉNO *(bas à Bianca)*.

Tais-toi, tais-toi.

LE DOGE.

Tu fus ma dernière croyance,
Mon bonheur ici-bas, ma foi !

BIANCA.

Quel châtiment! quelle souffrance!

LE DOGE.

Relève-toi, sèche tes pleurs,
Je te bénis, adieu!..

BIANCA *(toujours à genoux)*.

Je meurs.

STRETTA DU TRIO.

<table>
<tr><td>STÉNO.</td><td>LE DOGE.</td></tr>
<tr><td>

Tout est fini, le temps s'écoule,
Et j'entends les cris de la foule
Qui se presse sous ton balcon;
Venise à te juger s'apprête,
Et déjà réclame la tête,
Doge, accusé de trahison.

</td><td>

Adieu, Bianca, le temps s'écoule,
Écoute les cris de la foule
Qui se presse sous ce balcon;
Mon peuple à me juger s'apprête.
S'il le veut, qu'il prenne ma tête,
Je suis fier de ma trahison.

</td></tr>
</table>

BIANCA.

Quoi! plus d'espoir! le temps s'écoule...
Déjà le peuple arrive en foule;
Il se presse sous mon balcon;
Venise est là pour une fête.
Du Doge demandant la tête,
Pour lui, pitié! pour moi, pardon!

LE DOGE *(il s'arrête sur le seuil et s'adresse à Bianca).*

> Entends ma dernière prière ;
>
> Veuve de Faliero ! sois fière
>
> De ce nom qu'ils pensent ternir ;
>
> Ils peuvent insulter ma cendre,
>
> Ma vie est là pour me défendre,
>
> Et je la lègue aux siècles à venir !

(On voit s'avancer les seigneurs de la nuit et les membres du conseil des Dix suivis de gardes. On entend retentir ces cris : A mort, Marino Faliero !)

FIN

DEUXIÈME PARTIE

A TOI QUE J'AIME DÉJA !

Cher enfant que je sens tressaillir en mon être,
Et qu'un souffle d'amour a fait éclore en moi,
Ange! que je chéris avant de le connaître,
Si tu souffres un jour, enfant! tais-toi, tais-toi!

Ne me reproche pas de t'avoir en ce monde
Jeté sans ton aveu pour t'y laisser souffrir;

Et si tu sens parfois sous la douleur profonde
Saigner ton triste cœur, impuissant à guérir,

Ah ! ne reproche rien à ta mère, mon ange !
Pour ton bonheur, hélas ! elle eût donné ses jours ;
Mais qui peut de la vie, informe, impur mélange,
Interrompre un instant, ou diriger le cours ?

Il faut que l'enfant naisse et que l'herbe fleurisse,
Sans qu'on sache quel but leur a marqué le sort :
C'est la loi d'ici-bas, Dieu veut qu'on l'accomplisse ;
Il t'a pris au néant pour te rendre à la mort !

1848.

LAISSEZ DORMIR MON CŒUR!

Laissez dormir mon cœur; le voilà qui repose
Meurtri, saignant encore; il n'a que trop souffert.
Après s'être lui-même en holocauste offert,
Il demande au sommeil l'oubli de toute chose.
Voulez-vous l'éveiller pour une autre douleur?
Si vous m'êtes ami, laissez dormir mon cœur.

5.

Laissez dormir mon cœur! en cette triste vie
Méconnu, sous l'outrage il a parfois saigné;
Il est encore, hélas! de larmes imprégné ;
Pas une fibre en lui qui n'ait été meurtrie;
Son réveil fut toujours marqué par la douleur;
Laissez, si vous m'aimez, laissez dormir mon cœur!

Laissez dormir mon cœur! lorsqu'il s'est senti vivre,
C'est pour avoir toujours souffert ou fait souffrir;
Fatal est son amour, et vous devez le fuir ;
A sa coupe, malheur, malheur à qui s'enivre!
Il n'y pourra jamais boire que la douleur,
Laissez, je vous le dis, laissez dormir mon cœur!

Laissez dormir mon cœur! à cette léthargie
Je l'ai, depuis longtemps, condamné sans retour :
Si jamais il voulait essayer à son tour

De demander aussi sa part dans cette vie,

A sa voix répondrait un long cri de douleur,

Laissez donc, par pitié, laissez dormir mon cœur!

Laissez dormir mon cœur! bercé par de doux songes

Rien n'approche ici-bas de ce qu'il a rêvé;

Au ciel seul doit finir son rêve inachevé.

De quoi lui parlez-vous? amour, bonheur, mensonges!...

Il n'est rien de réel ici que la douleur :

A jamais, je le veux, dors, ô mon pauvre cœur!

1853.

A MON FILS

Si, malgré son courage, à sa tâche ravie
Ta mère succombait sous le poids de la vie,
O mon fils! souviens-toi, souviens-toi, chaque jour,
De celle qui t'avait aimé de tant d'amour!
Souviens-toi, quand le soir, une main étrangère
Froidement dans ton lit te viendra déposer,

Qu'à nulle autre jamais n'aurait cédé ta mère

Ni ton premier regard, ni ton dernier baiser,

Souviens-toi que deux fois tu lui dois l'existence ;

Que, faible, elle a voulu, bravant toute souffrance

Et malgré les docteurs qui l'avaient défendu,

Que tu bûsses la vie à son sein suspendu.

Combien de fois alors elle dit en son âme,

Souriant doucement à ton avidité :

« Qu'il suce avec mon lait l'horreur du vice infâme,

» L'amour du bien, du juste et de la vérité! »

Et puis elle priait dans une foi profonde,

Ne demandant jamais pour toi dans ce bas monde

L'argent qui sèche l'âme et qu'on croit le bonheur ;

Mais, à Dieu, pour son fils les richesses du cœur.

Plus tard, dans le sentier de l'aride science,

C'est elle qui voulut guider tes premiers pas ;

Elle, dont rien ne put lasser la patience,

Et dont l'amour constant ne se rebuta pas,

C'est elle aussi, mon fils, elle, qui la première,

Joignant tes jeunes mains, t'enseigna la prière,

Et te parla d'un Dieu consolateur et bon,

A tous les repentirs accordant le pardon,

Elle voulut donner la vie à tout ton être :

A ton corps, par son lait ; à ton cœur par l'amour ;

A ton esprit enfin en te faisant connaître

La science qui doit t'apprendre tout un jour.

Tu dois donc à ta mère une triple existence :

Celle du corps, de l'âme et de l'intelligence,

Quoi qu'il arrive, enfant, tu dois t'en souvenir;

Elle a presque accompli sa tâche, et peut mourir.

Et cependant, souvent, quand elle te regarde,

Croyant lire déjà dans tes beaux yeux rêveurs

L'avenir tourmenté que le destin te garde :

« Qui le consolera, dit-elle, si je meurs ?

» Alors que seul, en proie aux luttes de la vie,

» A bout de tout courage et de toute énergie

» Son âme faiblira sous un trop rude effort,

» Qui donc le soutiendra ? qui lui dira : sois fort !

» Sois fort, ô mon enfant ! ceins tes reins pour la lice ;

» Entre-z-y le front haut et n'en sors que vainqueur.

» Sois prêt pour le combat, prêt pour le sacrifice,

» Y dusses-tu laisser des lambeaux de ton cœur !

» Marche droit dans le bien ; pas d'indigne faiblesse ;

» Avec tes passions lutte, lutte sans cesse,

» Des fautes dans ta vie et pas d'iniquités,

» Des combats, des douleurs ; jamais de lâchetés.

» Cherche dans le travail l'oubli de toute peine ;

» Retrempe à cette source et ton corps et ton cœur.

» C'est lui qui vient en aide à la faiblesse humaine,

» Et qui, domptant l'esprit, sauvegarde l'honneur!

» Courage! mon enfant ; Dieu fit la vie amère...
» Si jamais tu doutais en des jours de misère,
» Lève les yeux au ciel pour raviver ta foi ;
» Et de ta mère, alors, ô mon fils! souviens-toi! »

1850.

VERS A JOAO CAETANO

PREMIER ACTEUR TRAGIQUE DU BRÉSIL.

A L'OCCASION D'UNE COURONNE D'OR QUE SES COMPATRIOTES LUI OFFRAIENT

Talma de la jeune Amérique,

O toi! dont le talent magique

Sait tout peindre, joie ou douleurs,

Joâo! reçois cette couronne

Que tout un peuple ému te donne,

Car tu fais vibrer tous les cœurs.

De brillants quoiqu'elle étincelle,

Il en est une autre plus belle

Près de qui ses feux pâliront,

Car l'autre est celle du génie

Dont Dieu lui-même pour la vie

Voulut parer ton vaste front!

LETTRES D'AMOUR

Adieu, pauvres lettres d'amour!
Venez, que je vous lise encore
Avant que le feu ne dévore
Vos douces lignes sans retour.
Venez, venez, ò mes lettres d'amour!

Vous, qui souvent la nuit entière
Avez reposé sur mon cœur,
Me promettant joie et bonheur ;
Redevenez cendre et poussière,

Adieu, pauvres lettres d'amour !
Dans ma main je vous presse encore
Avant que le feu ne dévore
Vos douces lignes sans retour.
Las ! il le faut. Adieu, lettres d'amour !

Brûlez, brûlez ; qu'aucune trace
De vous ne reste dans ce jour.
Brûlez jeunesse, espoir, amour !
Que laissez-vous à votre place ?

Adieu, pauvres lettres d'amour !

Je cherche à vous revoir encore
Tandis que la flamme dévore
Vos douces lignes sans retour.
Brûlez, brûlez, ô mes lettres d'amour !

Sous la cendre qui s'amoncelle,
Surtout, garde-toi de toucher :
Cette cendre pourrait cacher
Peut-être encore une étincelle.

Adieu, pauvres lettres d'amour !
C'en est fait ! et mon œil encore
Suit cette flamme qui dévore
Vos douces lignes sans retour.
Plus rien !... Adieu, pauvres lettres d'amour !

O.

A

SON ALTESSE Dᵃ ISABEL CHRISTINA

PRINCESSE IMPÉRIALE DU BRÉSIL

(A L'OCCASION DE SA MAJORITÉ)

Enfant hier, aujourd'hui femme,
De par la loi qui le proclame,
Princesse! il va falloir prendre un air sérieux,
Laisser votre poupée et vos rires joyeux.
Ce n'est pas tout plaisir qu'être grande personne !..

Et, d'abord, du sénat voilà l'heure qui sonne,

Il faut aller jurer devant la nation

De maintenir toujours la constitution.

Ce grand mot, pauvre enfant! vous ne l'entendez guère;

Mais vous ne devez pas le montrer, au contraire

Il faudra, sans bâiller aux éternels discours,

Sourire en répétant qu'ils vous ont semblé courts.

Tout cela n'est pas gai, n'est-il pas vrai, princesse?

Et vous, vous demandez sans doute avec tristesse

Où sont tous les plaisirs que vous aviez rêvés,

Quels bonheurs à présent vous seront réservés?

Les plus doux, croyez-moi, quand on sait les comprendre,

Et vous les comprendrez, vous, dont le cœur est tendre.

De faire des heureux vous avez le pouvoir:

C'est une noble tâche, et c'est un saint devoir.

Enfant! si Dieu vous mit sur les marches d'un trône,

C'est pour que votre main s'ouvre et fasse l'aumône;

Partout où le malheur viendra frapper vos yeux,

Consolez, consolez, et faites des heureux.

Mais ce n'est pas l'or seul, voyez-vous, qui console ;

Faites l'aumône aussi d'une bonne parole,

L'aumône d'une larme ou même d'un regard ;

Dieu tient compte de tout, vous le saurez plus tard.

Peut-être des enfants viendront dans leur misère,

Vous demander en pleurs de remplacer leur mère !

Que le malheur jamais ne vous implore en vain :

Songez à votre mère, et tendez-leur la main.

Une autre fois encor, ce sera le contraire :

Vous verrez à vos pieds se traîner une mère,

Implorant la pitié pour son fils déserteur ;

Sa grâce, obtenez-la, fille d'un empereur !

Quand vous aurez si bien rempli votre journée,

De la course du temps vous serez étonnée,

Et lorsque le sommeil viendra fermer vos yeux,

Des anges descendront pour vous du haut des cieux,

Berçant votre sommeil avec de doux mensonges

Pour que vous retrouviez le bonheur même en songes.

Alors, princesse! alors, bénissez le Seigneur

Qui vous a réservé ce suprême bonheur

D'être ici-bas, pour tous, une autre providence;

Car c'est dans ce but seul qu'il donne la puissance.

Chaque heureux que l'on fait est compté dans le ciel :

La charité l'inscrit sur le livre éternel!

29 juillet 1860

LA FÉE AUX DRAGÉES

BERCEUSE

Je suis la fée aux dragées,
J'apporte une fois par an
A toutes mes protégées
Des bonbons et du nanan.

Accourez, petites filles,
Vous, dont les mines gentilles,

Tout empreintes de bonté,
Respirent joie et santé,

Venez à moi, mes doux anges,
Enfants, même dans les langes;
Pour vous, filles et garçons,
J'ai berceuses et chansons.

Ouvrez tous vos mains mignonnes,
Toi surtout, enfant, qui donnes
Tes sous et ton petit pain
Au pauvre tendant la main.

Je vais secouer encore
Ma robe aux reflets d'aurore
Qui sème au milieu des fleurs
La dragée aux cent couleurs.

Je suis la fée aux dragées,

J'apporte une fois par an

A toutes mes protégées

Des bonbons et du nanan.

1860

LA JEUNE MORTE [1]

A Mlle AGAR

Pauvre enfant! morte ici pour le crime d'un autre,

Tu pensais dans la mort cacher ton déshonneur;

Tu demandais l'oubli; mais tout scandale est nôtre;

Le monde vient fouiller et ta vie et ton cœur.

Pauvre enfant! ton seul crime ici-bas fut de croire,

De répondre à l'amour par l'amour; d'ignorer

(1) Ces vers ont été faits sur une jeune fille qui s'était suicidée pour cacher sa faute, qu'on repêcha morte, et dont le nom parut dans le journal le lendemain.

Que c'était pour la femme une suprême gloire
Que de fermer son cœur et de ne rien aimer !

Peut-être, à tes genoux, il t'avait, tout en larmes,
Répété qu'il mourrait de ta longue rigueur ;
Et tu crus, sous le poids de mortelles alarmes,
Trop peu payer sa vie au prix de ton honneur !

On ne t'avait pas dit que l'homme n'est sur terre
Que pour tromper la femme et rire de ses pleurs ;
Que, lorsque, palpitante, il la tient sous sa serre,
Triomphant il sourit, l'étreint, et lui dit : meurs !

« Meurs ! le monde le veut. Il t'a, dans sa justice,
» D'un stigmate éternel marquée un jour au front ;
» De mon crime c'est toi qu'il veut que l'on punisse :
» Meurs ! si tu ne veux pas te courber sous l'affront !

» Sur ton visage, enfant, lorsque la rougeur monte,

» J'ai le droit d'être fier et de m'enorgueillir.

» Le monde m'applaudit; et ma gloire est ta honte :

» Aimer pour moi, c'est vaincre; et pour toi, c'est mourir!»

On ne t'avait pas dit tout cela, pauvre fille!

Mais lorsque ton enfant tressaillit en ton sein,

Tu vis surgir debout l'honneur et la famille;

Tu compris tout alors, car tu pâlis soudain;

Et, bientôt, t'élançant dans l'abîme au flot sombre,

Tu crus engloutir là le secret de ton cœur;

Mais le monde était là qui te guettait dans l'ombre :

C'était peu que ta vie, il voulait ton honneur!

1863

LA VEILLE DE NOEL

A MAURICE

Petite maman mignonne,
Sais-tu, toi, pourquoi ma bonne
Dit : « Ne va pas oublier
     » De mettre ton soulier
» Dans l'âtre éteint, sur la cendre,
» Car Noël y va descendre ! »

Est-ce vrai? mère, dis-moi
(Je ne crois jamais que toi),
Qu'il apporte aux enfants sages
Des bonbons et des images?
Noël est-il vieux, méchant !
Réponds vite à ton enfant

Cher petit, reprit la mère,
Noël est une chimère
Qui n'a jamais existé :
Les mamans l'ont inventé.
Noël c'est (date adorable),
Le jour où, dans une étable
L'enfant Jésus nous est né;
Tu m'écoutes étonné.
Ne connais tu pas encore
Ce doux Jésus qu'on implore?

C'est l'enfant qui te sourit
A la tête de ton lit.
Fais-lui vite une prière,
Promets-lui d'aimer ta mère
Et d'être docile et bon;
Alors, au lieu d'un bonbon,
L'enfant Jésus, qui t'écoute,
Ce soir t'enverra sans doute
Des rêves doux et charmants,
Pleins de papillons brillants,
De joujoux, d'oiseaux, de roses,
Enfin des plus belles choses!

1866

RÊVERIE

A Mme ARNOULD-PLESSY.

Quel est donc ce désir immense, inassouvi
Que nous portons en nous jusqu'à la dernière heure?
Est-ce un rêve?.. un espoir?.. est-ce un bonheur perdu,
Dont le doux souvenir nous poursuit, et qu'on pleure?..

Je ne sais... mais, pour moi, je n'ai jamais pu voir
La mer aux sombres flots, aux terribles tempêtes,

Aux abîmes sans fond qu'on ne peut concevoir,

Et cette immensité du ciel bleu sur nos têtes,

Et ces rochers abrupts, et ces ravins profonds,

Et ces torrents roulant leur onde impétueuse;

Je ne puis contempler ces gigantesques monts,

Voir les prés tout en fleurs et la forêt ombreuse,

Je ne puis écouter un chant large et puissant,

Respirer un parfum de violette, de rose,

Ou d'un poète aimé relire un vers touchant,

Qu'aussitôt en mon cœur tressaille quelque chose

Que je ne puis décrire et qui n'a pas de nom :

On dirait un regret mêlé d'une espérance;

C'est un charme enivrant qui trouble ma raison.

Un composé de joie et d'amère souffrance,

De l'être tout entier, surtout vers le bonheur,

C'est l'aspiration ardente et douloureuse,

Tandis que l'on entend gémir au fond du cœur :

« Rien ici-bas ne peut faire ton âme heureuse,

 .   .   .   .

 .   .   .   .

Qu'est-ce donc que ce bien qu'on nomme le bonheur ?
Pourquoi le voulons-nous s'il n'est pas de ce monde ?
D'où vient que nous gardons son ombre au fond du cœur,
Et ce reflet du ciel dans notre nuit profonde ?

 .   .   .   .

O rêve insaisissable ! et qui nous viens de Dieu.
Non, ce n'est pas en vain que tout dans la nature
Nous murmure ton nom : il existe ce lieu
Où nous t'étancherons, ô soif qui nous torture !
Non, ce Dieu de bonté n'aurait pas mis en nous
Ce désir incessant s'il ne pouvait l'éteindre.
Ame immortelle ! attends encor ; ce bien si doux
Tu n'as qu'à déployer tes ailes pour l'atteindre !

1867

MA MÈRE!

L'œil doux et fin, le sourire indulgent,
Jamais le pli d'une pensée amère ;
Des ans ainsi paisible elle descend
Le cours, ma mère !

L'amour au cœur, elle a, jeune, gaîment,
Su traverser plus d'un jour de misère,

En son logis lorsque manquait l'argent
Chantait ma mère.

Croyant au bien, au mal fort rarement,
Ouvrant à tous sa porte hospitalière,
De son bon cœur, qui fut dupe souvent?
Ma pauvre mère!

Dans son fauteuil assise gravement,
Entre ses doigts roulant sa tabatière,
Il faut la voir : elle a grand air vraiment
Ainsi, ma mère!

N'ayant jamais conscience du temps,
Dont la course est pour elle si légère,
Elle a toujours prodigué ses instants
A tous, ma mère!

D'un jeu, d'un rien sans peine s'amusant,
Et de l'ennui qui ronge et désespère
N'ayant jamais connu le mal cuisant,
          L'heureuse mère !

De son mari fière, et bien hautement
Portant son nom ; à tous elle préfère
Ce nom d'artiste illustré brillamment ;
          Telle est ma mère !

Quand la douleur l'étreint, c'est vivement...
Mais la douleur chez elle est passagère :
A ses brebis Dieu mesure le vent,
          Dit-on, ma mère !

Aimant la vie, à tous se confiant,
De l'avenir ne se souciant guère,

L'esprit subtil et le cœur d'un enfant,
        Voilà ma mère!

Quand du repos suprême le moment
Viendra; sans doute à cette heure dernière
S'endormira souriant doucement
        A Dieu, ma mère!

1870

L'AUTOMNE ARRIVE

A MON AMIE, Mme V. L.

Adieu, printemps, adieu, jeunesse;
Quoi! me fuyez-vous sans retour?
En mon âme, que tout chant cesse,
Adieu la vie, adieu l'amour!

Voici venir le triste automne
Effeuillant sa pâle couronne

D'un vert sombre et déjà jauni ;
Je le comprends, tout est fini.

Mon âme aussi, va, tu n'emportes
Comme lui, que des feuilles mortes,
Débris de douleurs, de plaisirs,
Soulevés par mes souvenirs.
Mais la nature est immortelle,
Chaque printemps la renouvelle,
Chaque été la voit refleurir,
Toi seule, hélas ! dois-tu finir ?

Non, rien ne meurt, tout nous le crie ;
Rien n'arrête l'œuvre de vie,
Tout renaît de tout chaque jour,
Oiseau, fleur, âme tour-à-tour.

Écoute, quand le vent murmure,

La grande voix de la nature,

A toi toute elle répondra :

« Je suis ce qui fut ou sera.

» Mélange confus de blasphèmes,

» De chants joyeux et d'anathêmes,

» De sanglots, de rires bruyants,

» De tous vos cris je fais des chants.

» De vos pleurs je fais la rosée,

» De vos corps la fleur irisée,

» Enfin de vos âmes au ciel

» Je fais le bonheur éternel :

» Pas un atôme dans le monde

» Qui se perde ou qui ne féconde »

Néant! Dieu ne te connaît pas :

A tout il dit : tu renaîtras !

1868

PIERROT, LE PETIT PÊCHEUR

Sur sa barque légère,
Pour remplacer son père,
Mon fils s'en est allé;
Et, depuis, sur la grève,
Sans un moment de trève
La lame a déferlé.

Pierrot, reviens, mon pauvre enfant,
Ta mère veille en t'attendant!

    Ce ciel gris sur ma tête
    Annonce la tempête,
    La mer mugit là-bas;
    Enfant! pour votre frère
    Faisons une prière;
    Ne reviendra-t-il pas?

Pierrot, reviens, mon cher enfant,
Ta mère prie en t'attendant!

    L'horizon est plus sombre,
    L'éclair brille dans l'ombre,
    Et la foudre a grondé;
    A ces flots en furie

La pauvre mère crie :

Me l'avez-vous gardé ?

Pierrot, réviens, mon cher enfant,

Ta mère pleure en t'attendant!

Mais sur la mer immense

Une barque s'avance,

Car l'orage est fini.

C'est lui, c'est votre frère!

A la voix de sa mère

Il dit : Dieu soit béni!

Pierrot revient : à ton enfant

Mère! ouvre tes bras, maintenant.

1865

SAUDADES ⁽¹⁾!

A MADAME

LA COMTESSE DE B... ET DE P... B...

Je vous revois toujours, foréts de l'Amérique,
Rivières serpentant sous des dômes ombreux,
Et vous, monts de granit, au profil fantastique,
Toujours vous êtes là quand je ferme les yeux.

(1) En brésilien, *souvenirs mélés de regrets*.

Nature splendide et sauvage,

Au soleil éclatant,

Brésil! qu'un éternel feuillage

Couronne incessamment,

J'entends encor de tes cascades

Le bruit harmonieux

Et les étranges sérénades

Qu'offre ta terre aux cieux;

Je vois tes palmiers qui balancent

Leurs verts rameaux au vent,

Les pics de tes monts qui s'élancent

Jusques au firmament,

Tes orangers aux fruits sans nombre,

Tes grands magnolias,

Tes bambous où, cachés dans l'ombre,

Chantent les Sabias.

Ton ciel si bleu, ta mer immense,

Où le pêcheur, la nuit,

Agite sa torche en silence

Sur le flot qui frémit ;

Jusqu'à ta fleur mystérieuse,

Au parfum enivrant,

Bouquet de bal, pour la danseuse

A minuit fleurissant.

Je revois tout, tes paysages,

Tes nègres qui, pieds nus,

Vont dansant leurs danses sauvages

Aux rhythmes inconnus.

Terre enchanteresse et perfide

Où rampe le serpent,

Dont l'arbre au poison homicide

Offre un fruit succulent,

Où le danger qui nous attire

    Est là toujours, partout,

Caché sous la fleur qu'on respire,

    Sous le soleil surtout,

Sous la rosée ou sous la brise

    Dont on boit la fraîcheur,

Quel charme as-tu qui nous séduise

    Brésil?.. c'est ta grandeur!

On se sent si petit là, qu'il faut qu'on adore,

Quand, muet de stupeur, on contemple en ce lieu

Cette nature inculte, ardente et vierge encore,

Qui semble devant vous sortir des mains de Dieu !

1870

LA DERNIÈRE NUIT DE CHARLES IX

A M. BEAUVALLET

« A moi! nourrice! à moi!.. viens, je me sens mourir. »
— O sire! mon enfant, quel transport vous agite?
La terreur en vos yeux est peinte, parlez vite :
Ne pourrez-vous donc plus reposer ou dormir?

— Quelle heure à l'Auxerrois vient de sonner encore?
—Deux heures.—Oui, c'est bien la même heure toujours

» Dont le funèbre glas me poursuit... Au secours!

» Les spectres vont venir; ils viennent à l'aurore.

» Regarde tout ce sang qui m'inonde... vois-tu?

» Dieu me prend tout le mien pour le leur; c'est justice!

» Ce sang, cache-le moi, cache-le moi, nourrice!

» Il parle, il me fait peur, j'en ai tant répandu! »

. . . .

. . . .

Là-bas, vois-tu déjà ce grand vieillard dans l'ombre,

Une plaie au côté, qui s'avance vers moi?

C'est l'amiral; il vient... ô spectre! éloigne-toi...

Détache de mes yeux ton regard glauque et sombre.

Que me veux-tu toujours? de ton doigt lentement

Pourquoi me les montrer dans la Seine rougie

Ces cadavres sanglants que le fleuve charrie,

Et qui tous en passant disent : Roi! ton serment!

. . . .

9

Du palais maintenant c'est la cloche qui sonne.

Le premier coup de feu dans l'ombre retentit.

Le massacre commence. Oh! Dieu !... l'horrible nuit!

Que de cris! que de morts entassés!.. je frissonne ..

. . . .

Ma mère cependant sourit sous sa pâleur;

Sans cesse à mes côtés elle attise ma haine.

Que dit-elle tout bas, cette implacable reine ?...

« Pas de pitié pour eux! mon fils, avez-vous peur? »

Qui, moi? peur! qu'on m'apporte ici mon arquebuse

Certes! des huguenots, c'est un gibier royal!

Taïaut !.. sus à ces gens qui m'avaient cru loyal.

Il faut la chasse humaine au roi pour qu'il s'amuse!

Pas de quartier pour eux! qu'ils meurent en effet.

Mais tuez-les bien tous, jusqu'au dernier, ma mère;

Qu'il n'en reste pas un, pas un seul sur la terre

Qui me puisse jamais reprocher ce forfait!

. . . .

» Messe ou mort!

                    » Le voilà ce cri, ce cri sinistre

, Que le Louvre redit de moment en moment;

» Le tocsin l'accompagne et gronde incessamment.

. . . .

» Pourquoi de ces horreurs m'ont-ils fait le ministre?

. . . .

« Coligny! . Pardaillan!... » Comme il disait cela,

Charles neuf épuisé retomba sur sa couche;

Ces mots avec du sang sortirent de sa bouche :

« Ah! le méchant conseil, nourrice! que j'eus là!

» Crois-tu qu'à tout jamais le Seigneur m'abandonne? .

Et la vieille huguenote, alors le soutenant,

Dit : sur Elle, mon fils, retombera ce sang !

Allez, dormez en paix, sire ! Dieu vous pardonne !

1860

A MA SŒUR

Mme CAROLINE BERTON

A PROPOS DE SON LIVRE DE POÉSIES

Sœur! en lisant tes vers j'ai revu notre enfance,
Notre chambre en commun, nos jeux,
Nos jours de folle joie et nos jours de souffrance;
Tout a passé devant mes yeux.

Tes chants ont évoqué toute notre jeunesse;
Et j'ai senti monter mes pleurs:

9.

Je nous voyais rêvant, écrivant, et sans cesse
    Mêlant tout, jusqu'à nos deux cœurs.

Ta plume avait du trait, et, vers la comédie
    Ton esprit railleur te portait;
Moi, c'était le contraire, et la sombre élégie
    Dans mes vers toujours soupirait.

Nous allions chaque hiver dans des salons d'artistes
    Où souvent on nous demandait
A toi, quelque proverbe, à moi, quelques chants tristes;
    On pleurait, on applaudissait.

Un jour même, ô triomphe! à notre porte sonne
    Un valet, porteur d'un carton
Qui, de lauriers pour nous renfermait la couronne,
    Présent d'une artiste en renom.

A l'aspect des lauriers nous nous prîmes à rire
    D'un long rire frais et joyeux,
Car nous ne prenions pas notre gloire, à vrai dire,
    Heureusement au sérieux.

Poète, j'essayai, moi, la couronne blanche
    Qu'aussitôt tu me décernas,
Et toi du laurier rose, avec orgueil, sois franche
    Bien qu'en souriant tu t'ornas.

Ce fut ainsi, ma sœur, que, dans notre ignorance,
    Nous chaussâmes imprudemment
Ce bas, ce fameux bas dont la couleur en France
    Est une injure, si souvent.

Nous allions devant nous confiantes, tranquilles,
    Nous aventurant sans frayeur

Dans de rudes sentiers à gravir difficiles,
> Croyant qu'ils menaient au bonheur.

. . . .

. . . .

Les dates de tes vers, pour moi c'est notre vie
> Que j'ai relue au fond du cœur :

Je te voyais d'abord jeune épouse ravie,
> Puis mère, et, partant, pauvre sœur !

Pour suivre ton mari tu quittais, peine amère !
> Ton premier-né, ton cher enfant...

Ces vers datés de Vienne, ils disent de la mère
> Le chagrin cruel, incessant.

Enfin, après deux ans, tu vins nous le reprendre
Cet enfant qu'appelaient tes nuits;
Je crois te voir encor, je crois encor t'entendre
Quand tu crias : Mon fils! mon fils!

Lui, dormait souriant, paisible, sans alarmes,
Les mains jointes dans son berceau;
Tu le pris doucement, l'embrassas tout en larmes,
Répétant : « Qu'il est beau! »

Puis, lorsque de baisers tu fus rassasiée,
Vers moi tu te tournas enfin.
Depuis deux ans aussi, moi, j'étais mariée,
Et j'avais un enfant au sein.

Tu t'écrias alors : la superbe nourrice
Et le splendide nourrisson!

Tu souriais... pourtant je vis la cicatrice
>De ton cœur empreinte à ton front.

Tes yeux portaient déjà cette trace des larmes
>Que rien n'efface désormais ;
Ton visage pâli n'avait que plus de charmes
>Peut-être, et pourtant je pleurais !

Tu repartis bientôt ; et, moi, pour l'Angleterre
>Je m'embarquai, jour de malheur !
Ce fut là, loin de tous, sur la terre étrangère
>Que je crus mourir de douleur !

Et quand tu me revis, à ton tour, en silence
>Tu me contemplas tristement :
Mon visage flétri racontait ma souffrance...
>Mes bras ne portaient plus d'enfant !

Nous avions toutes deux reçu le saint baptême

Qui nous faisait femmes, les pleurs.

Il fallait cependant marcher encor, quand même,

Epuiser toutes les douleurs.

Eh bien! dans ces chemins si rudes de la vie

Où chacune prit au hasard,

Qui de gravir, toujours nous donna l'énergie?

Qui nous retrempa? ce fut l'art.

Tu m'as dit : « Dieu permet bien des métamorphoses :

» Un jour j'ai senti que mon cœur

» Allait aimer, non plus des êtres, mais des choses,

» Ce jour j'ai béni le Seigneur!

» Et n'ai plus demandé le bonheur qu'à l'étude,

» Cet amour-là ne peut trahir :

» Sous l'être humain toujours fleurit l'ingratitude,

» Les choses ne font pas souffrir ! »

Il faut donc, quand nos cœurs lassés de tout sur terre

Cherchent à quoi se ressaisir,

Qu'ils demandent à l'art de bercer leur misère,

L'âme en grandissant doit guérir.

1869

LA PRIÈRE DES ESCLAVES

SCÈNE DU BRÉSIL

C'était par un beau soir; le soleil de sa flamme
Dorait encore l'horizon,
Le Brésil étalait ses splendeurs, et mon âme
Montait pour être à l'unisson.

10

Les nègres revenaient de leur rude journée,
       Chargés de fruits ou de bois mort,
Tandis que des grands bœufs la troupe ramenée
       Rentrait à la voix du pastor.

La nuit se fit soudain. Puis, dans ce grand silence
       Une cloche tinta deux coups,
Et le feitor, armé de son fouet immense,
       Cria : la prière! ici, tous!

A ce lugubre appel, on vit surgir de l'ombre
       Comme des fantômes hideux,
Des nègres décharnés, presque nus, à l'œil sombre,
       Drapés dans des lambeaux affreux.

Hommes, femmes, enfants, bientôt s'agenouillèrent,
       Tous dans l'immense varanda ;

La chapelle s'ouvrit, deux cierges y brillèrent,
    Éclairant seuls la fazenda (1),

L'autel demeura vide, il n'y vint pas de prêtre.
    Autrefois un vieux chapelain,
Quand l'esclave mourait, quand l'esclave allait naître,
    Sur eux récitait du latin.

Mais, lui mort, on avait renfermé le calice
    Et le saint livre aux coins d'acier :
Depuis, les noirs venaient, parodiant l'office.
    Dans un latin sans nom, prier.

C'était vraiment lugubre encor plus que grotesque
    De les voir d'un ton solennel
Psalmodier, plein de foi, ce jargon pittoresque
    Qu'ils croyaient la langue du ciel !

(1) L'habitation.

Ah! je ne riais pas de toutes ces misères,
Je contemplais ces malheureux;
Je voyais sur leurs corps la trace des lanières,
La crainte et la haine en leurs yeux.

.   .   .   .

Leur chant fut celui-ci d'abord : « Sainte Marie!
» Mère de Dieu, notre sauveur,
» Pour nous qui t'implorons, ô Notre-Dame! prie,
» Intercède auprès du Seigneur! »

Ce chant montait toujours plus large, plus sévère,
Triste comme un *de profundis;*
Puis ils jetèrent tous, au lieu d'une prière
Ce cri : *Miserere nobis!*

Ce grand cri si poignant, je crois toujours l'entendre :
    C'était sauvage de douleur;
Je crus qu'en l'écoutant, mon cœur allait se fendre,
    Et dis comme eux : Pitié, Seigneur!

Pitié pour ces maudits, pitié pour ces esclaves!
    Sont-ils condamnés sans retour ?
Rends-leur la liberté. Qu'ils brisent leurs entraves:
    Seigneur! n'auront-ils pas leur jour?

  . . . .

  . . . .

La prière finie, et la chapelle éteinte,
    La lugubre procession
Défila devant nous, murmurant avec crainte :
    « Maître ! la bénédiction!

. . . .

Quand tous furent passés, avec un froid sourire

    Leur maître vint : « Eh bien ! mes chœurs !...

» Qu'en dites-vous, madame ? il vous ont fait bien rire ! »

    — » Beaucoup. » Et j'essuyai mes pleurs !

Août 1869.

TABLE DES MATIÈRES

—

PREMIÈRE PARTIE

DEUXIÈME PARTIE

Paris. — Typ. Jules-Juteau, passage du Caire, 29 et 31.

Typ. Jules Juteau, passage du Caire, 29-31

www.ingramcontent.com/pod-product-compliance
Ingram Content Group UK Ltd.
Pitfield, Milton Keynes, MK11 3LW, UK
UKHW021003230726
13924UKWH00009B/1537